AF290500

Felix und Lukas
Dein Herz bleibt bei mir

Alisa Kevano

© 2023
likeletters Verlag
Inh. Martina Meister
Legesweg 10
63762 Großostheim
www.likeletters.de
info@likeletters.de

Autorin: Alisa Kevano
Bildquelle: Midjourney

ISBN: 9783946585565

Teilweise kam für dieses Buch künstliche Intelligenz zum Einsatz.

Inhaltsverzeichnis

Kapitel 1	9
Kapitel 2	16
Kapitel 3	24
Kapitel 4	29
Kapitel 5	39
Kapitel 6	47
Kapitel 7	53
Kapitel 8	64
Kapitel 9	72
Kapitel 10	77
Kapitel 11	87
Kapitel 12	94
Epilog	99

Kapitel 1

Die Sonne tauchte die Kopfsteinpflasterstraßen der Kleinstadt in ein warmes Licht, als Lukas, ein lokaler Künstler, durch die Gassen schlenderte. Sein Geist war erfüllt von Farben und Formen, inspiriert von seinem letzten Aufenthalt Paris, wo er die Werke der großen Meister studiert hatte.

Heute war er auf der Suche nach etwas Neuem, das ihn herausfordern würde, ähnlich wie die Zeit, als er sich in der Großstadt verloren und wiedergefunden hatte.

In Paris hatte er einen engen Freundeskreis gehabt – Chloé, Antoine, Sophie und einige andere, die alle in der kreativen Szene der Stadt verankert waren. Sie hatten oft lange Nächte mit intensiven Diskussionen über Kunst, Literatur und das Leben verbracht.

Diese Erinnerungen waren für Lukas ein lebendiger Kontrast zu der Stille der Kleinstadt, die er nun sein Zuhause nannte.

Er liebte es, die Grenzen der konventionellen Kunst zu überschreiten. Seine Schritte führten ihn abseits der belebten Hauptstraßen, in ruhigere Gegenden, wo die Zeit stillzustehen schien. Vorbei an kleinen Läden und Cafés, die die Geschichten der Kleinstadt erzählten, überlegte er, wie er diese schlichte Schönheit in sein nächstes Werk einfließen lassen könnte.

Beim Anblick einer alten Buchhandlung wurde er aus seinen Gedanken gerissen. Das Schaufenster, gefüllt mit sorgfältig gestapelten Büchern, erinnerte ihn an seine Kindheit, in der er stundenlang in der Bibliothek seiner Großmutter gelesen hatte.

Neugierig betrat er den Laden.

Das leise Läuten der Türklingel kündigte seine Ankunft an. Er blickte sich um und sah Regale, die bis zur Decke reichten, gefüllt mit Druckwerken aus allen Epochen.

Seine Aufmerksamkeit wurde von einem jungen Mann hinter dem Tresen angezogen – Felix, der Buchhändler, dessen Leben sich immer um Bücher gedreht hatte, seit er als Junge seine Liebe zur Literatur entdeckt hatte.

«Guten Tag, kann ich Ihnen helfen?», fragte Felix ruhig.

Lukas wandte sich ihm zu und antwortete: «Ich suche nach Inspiration für meine nächste Arbeit. Ich dachte, vielleicht finde ich sie hier, zwischen all diesen Geschichten.»

Felix lächelte leicht.

«Dann sind Sie hier genau richtig. Unsere Sammlung hat schon viele inspiriert. Sind Sie an einem bestimmten Thema interessiert?»

«Etwas, das den Geist herausfordert und den Betrachter zum Nachdenken anregt», erwiderte Lukas, dessen Blick über die Bücherregale glitt.

«Ich glaube, ich habe da etwas für Sie», sagte Felix und ging zu einem Regal, in dem alte philosophische Werke standen. «Diese Titel haben schon viele Künstler inspiriert.»

Lukas folgte ihm, beeindruckt von Felix' Wissen über Bücher. In diesem Moment wusste er noch nicht, dass diese Begegnung mehr als nur eine Inspiration für seine Kunst bedeuten würde.

In der gemütlichen Ecke der alten Buchhandlung, umgeben von staubigen Bücherregalen, las Felix vertieft in einem Roman von Hermann Hesse. Das Buchgeschäft war sein Zufluchtsort geworden, nachdem er vor Jahren seine Heimatstadt verlassen hatte, um dem Druck seiner konservativen Familie zu entkommen. Hier, zwischen den Seiten der Bücher, fand er Trost und Anregung.

Die Türklingel unterbrach seine Gedanken, und Felix blickte auf. Vertrautheit überkam ihn, als er den jungen Mann erkannte, der gestern nach Inspiration gesucht hatte.

Lukas.

Seine unkonventionelle Erscheinung – lockige Haare und lebhaft gemusterte Kleidung – stach in dem ansonsten ruhigen Laden hervor.

Felix beobachtete, wie Lukas sich interessiert die Kunstbücher ansah. Er spürte eine Mischung aus Faszination und Nervosität.

«Wie kann ich Ihnen heute helfen?», fragte er, seine Stimme leiser als beabsichtigt.

Lukas blickte auf und ihre Blicke trafen sich.

«Ah, ja, ich suche weiterhin nach Inspiration. Ich dachte, ich schaue mir einige Ihrer Kunstbücher an», antwortete Lukas mit einem Lächeln, das Felix' Herz unerwartet schneller schlagen ließ.

«Ich habe hier einige Werke über abstrakte Kunst. Vielleicht finden Sie dort etwas Interessantes», schlug Felix vor, während er versuchte, seine Nervosität zu verbergen.

Das Gespräch, das sich entwickelte, war das längste und tiefste, das Felix seit langem geführt hatte.

Sie sprachen über verschiedene Kunststile, über die Bedeutung der Farben und Formen und darüber, wie Kunst die Realität beeinflussen kann. Felix fand sich selbst dabei, wie er mehr sprach, als er es normalerweise tat, angeregt durch Lukas' Leidenschaft und Neugier.

Als Lukas schließlich die Buchhandlung verließ, fühlte Felix, wie eine unerwartete Leere den Raum füllte. Er berührte das Buch, das Lukas zuletzt in der Hand gehalten hatte, und fragte sich, ob er den mutigen, unkonventionellen Künstler jemals wiedersehen würde.

Kapitel 2

Lukas saß in seinem Atelier, einem kleinen, aber lebhaften Raum in einer stillen Straßenecke der Stadt. Überall waren Spuren seines kreativen Schaffens zu sehen – Leinwände in verschiedenen Größen, Farbtuben, verstreute Pinsel und Skizzenbücher. Doch heute waren seine Gedanken nicht bei seiner Arbeit.

Die Buchhandlung und der still wirkende Buchhändler, Felix, hatten einen unerwarteten Eindruck bei ihm hinterlassen.

Während seine Hand mit dem Pinsel über die Leinwand tanzte, ließen ihn seine Gedanken nicht los. Er dachte an das letzte Telefongespräch mit Chloé zurück, das sie nur wenige Tage zuvor geführt hatten.

«Chloé, ich vermisse Paris manchmal», hatte Lukas zugegeben, während sie über ihre aktuellen Projekte sprachen. «Die Energie, die Diskussionen, die langen Nächte im Atelier…»

Chloé hatte gelacht.

«Lukas, du bist immer noch derselbe Künstler, egal wo du bist. Und denk daran, wie viel du hier in der Kleinstadt erschaffen hast. Du bringst ein Stück Paris in jeden deiner Pinselstriche.»

Ihre Worte hatten ihn getröstet. Chloé hatte immer einen Weg gefunden, ihn zu inspirieren, selbst aus der Ferne. Mit einem nachdenklichen Lächeln setzte Lukas seine Arbeit fort, die Farben auf der Leinwand mischten sich zu neuen Mustern, die sowohl von seiner Gegenwart als auch von seiner Vergangenheit in Paris beeinflusst waren.

Mit einem Seufzer lehnte er sich zurück und dachte nach. Felix war anders als die Menschen, die er normalerweise traf.

Seine ruhige Art und die Art, wie er über Bücher sprach, hatten etwas

Faszinierendes. Lukas, der in seiner Jugend oft umgezogen war und dadurch gelernt hatte, sich schnell anzupassen und neue Kontakte zu knüpfen, fand in Felix eine ungewohnte, aber anziehende Ruhe.

Er stand auf, nahm einen seiner Pinsel und begann, ohne konkretes Bild im Kopf, auf einer leeren Leinwand zu malen. Seine Gedanken kreisten um die Stille der Buchhandlung, das leise Rascheln der Seiten und Felix' sanfte Präsenz. Lukas versuchte, dieses Gefühl in seinem Bild einzufangen.

Er malte intuitiv, ließ seine Emotionen und Gedanken die Führung übernehmen.

Stunden vergingen, und als er einen Schritt zurücktrat, um sein Werk zu betrachten, erkannte er, dass er nicht nur eine Szene gemalt hatte, sondern auch die stille Sehnsucht und das Geheimnisvolle, das er in Felix' Augen gesehen hatte.

Es war ein Bild, das mehr als nur eine Szenerie darstellte; es war ein Gefühl, ein Moment, festgehalten in Farbe und Form.

Zufrieden wie lange nicht mehr reinigte Lukas seine Pinsel. Er wusste, dass er wieder in die Buchhandlung gehen würde, nicht nur wegen der Inspiration für seine Kunst, sondern auch um das Rätsel zu lösen, das Felix für ihn darstellte. Es war eine Herausforderung, die er nicht ignorieren konnte.

Die Stille in der Buchhandlung fühlte sich nach Lukas' Besuch anders an, fast schwerer als zuvor. Felix saß hinter dem Tresen, das Buch, das er las, offen vor sich, doch seine Gedanken waren weit weg. Er dachte an den Künstler – seine lebendige Ausstrahlung, das selbstsichere Lächeln, und wie leidenschaftlich er über seine Kunst sprach.

Es war spät geworden, und die Buchhandlung war jetzt leer. Felix schloss das Buch und lehnte sich zurück. Etwas in ihm wollte mehr über Lukas erfahren. Trotz seiner sonstigen Zurückhaltung tippte er zögerlich «Lukas» und «Künstler» und den Namen der kleinen Stadt, in der sie lebten, in die Suchleiste seines Computers ein.

Sofort erschienen mehrere Ergebnisse – Artikel über Ausstellungen, Fotos von Kunstwerken, Interviews.

Felix war fasziniert und klickte auf die Bilder von Lukas' Kunst.

Die Werke waren lebhaft, voller Farben und Emotion, ein starker Kontrast zu der geordneten Welt der Bücher um ihn herum. Er las ein Interview, in dem Lukas über die Bedeutung hinter seinen Werken sprach, seine Sicht auf die Welt und Kunst als Ausdrucksmittel.

Je mehr er las und sah, desto mehr fühlte er sich zu Lukas hingezogen und gleichzeitig von ihm eingeschüchtert. Die Freiheit und Ungezwungenheit, die Lukas ausstrahlte, stand im krassen Gegensatz zu Felix' eigenem Leben, das von Routinen und Büchern bestimmt war.

In diesem Moment erkannte Felix, dass Lukas etwas in ihm geweckt hatte – eine Sehnsucht nach mehr, nach einem Leben, das über die Seiten der Bücher hinausging, die er so liebte.

Doch diese Erkenntnis weckte auch Angst in ihm. Er schaltete den Computer aus und stand auf, um den Laden zu schließen.

Das Klingeln des Telefons durchbrach die Stille der Buchhandlung. Felix blickte auf das Display – es war seine Mutter.

«Hallo, Mutter.»

«Felix, warum verschwendest du dein Talent immer noch in dieser staubigen Buchhandlung?», kam es prompt von der anderen Seite. «Dein Vater und ich verstehen einfach nicht, warum du nicht etwas Sinnvolleres machst.»

Felix seufzte leise.

«Mutter, wir haben das schon so oft besprochen. Ich liebe, was ich tue. Es geht nicht nur um Bücher; es geht um Menschen und ihre Geschichten.»

«Aber du könntest so viel mehr errei-chen...»

«Ich habe bereits viel erreicht», unter-brach Felix sanft. «Ich bin glücklich hier.»

«Nun gut, vielleicht wirst du ja doch noch vernünftig. Ich rufe dich nur an, um dich daran zu erinnern, dass du ein

Date mit Sofia vereinbaren sollst. Sie ist die Tochter von Papas Kollegen und eine sehr erfolgreiche Maklerin. Vielleicht würde eine Frau dich zur Vernunft bringen.»

«Mama, ich habe dir bereits gesagt, dass ich kein Interesse daran habe, mit irgendwelchen Frauen verkuppelt zu werden», sagte Felix seufzend.

Sie beenden das Gespräch. Wie nach jeder Konfrontation mit der Welt seiner Eltern fühlte er sich wie vor den Kopf gestoßen.

Während er die Lichter in der Buchhandlung löschte und die Tür abschloss, nahm er sich vor, Lukas wiederzusehen.

Warum genau, wusste er nicht, aber etwas in ihm drängte darauf, mehr über diesen faszinierenden Künstler zu erfahren und vielleicht einen Teil der Welt außerhalb der Bücher zu entdecken.

Kapitel 3

Entschlossen betrat Lukas wieder die Buchhandlung. Dieses Mal war das Läuten der Türklingel wie ein Symbol für seinen Mut, die eigenen Grenzen zu überschreiten.

Felix, der hinter einem Regal Bücher sortierte, blickte auf und sein Herz setzte für einen Moment aus.

«Sie sind wieder da», murmelte er mehr zu sich selbst als zu Lukas.

«Ja», erwiderte Lukas mit einem Lächeln. «Ich dachte, ich könnte hier vielleicht ein Buch über Kunstgeschichte finden.»

«Kunstgeschichte, ja, wir haben da einige interessante Bücher. Folgen Sie mir bitte.»

Während sie durch die Gänge gingen, begann Lukas ein Gespräch.

«Wissen Sie, ich habe gestern mit einem neuen Kunstwerk begonnen, inspiriert von diesem Ort hier.»

Felix' Wangen erröteten. «Wirklich? Inspiriert von der Buchhandlung?»

«Ja, und von der Atmosphäre hier. Es hat etwas Beruhigendes, fast Meditatives.»

Sie erreichten das Regal mit den Kunstbüchern. Felix zeigte auf einige Titel, aber seine Gedanken waren bei Lukas' Worten. Er war überrascht, dass sein einfacher Arbeitsplatz jemanden so inspirieren konnte, besonders jemanden wie Lukas.

«Können Sie mir etwas über sich erzählen?», fragte Lukas unvermittelt. «Über Ihre Liebe zu Büchern?»

Felix dachte einen Moment nach, bevor er begann, seine Geschichte zu erzählen. Seine Stimme war sanft, als er die Erinnerungen wachrief:

«Ich bin in einer kleinen Stadt aufgewachsen, ähnlich wie diese hier.

Meine Kindheit war… ruhig, könnte man sagen. Meine Eltern waren oft beschäftigt, und ich fand meine Zuflucht in Büchern. Unsere lokale Bibliothek wurde mein zweites Zuhause. Ich erinnere mich an Nachmittage, an denen ich mich zwischen den Regalen versteckte, umgeben von Geschichten, die mir die Welt öffneten.» Er lächelte, als er fortfuhr: «Bücher waren für mich mehr als nur Papier und Tinte. Sie waren Fenster in andere Welten, sichere Orte, an denen ich sein konnte, wer ich wollte. Sie gaben mir das Gefühl der Sicherheit und der Freiheit zugleich. Ich glaube, das hat mich dazu gebracht, Buchhändler zu werden. Ich wollte anderen helfen, dieselbe Freude an Geschichten zu finden, die mein Leben so sehr bereichert haben.»
Lukas hörte aufmerksam zu, sein Blick zeigte eine Mischung aus Neugier und Mitgefühl.

«Das klingt nach einer friedlichen Kindheit», sagte er.

«Ja, das war sie», erwiderte Felix nachdenklich. «Aber sie war auch einsam. Bücher waren meine besten Freunde. Ich hatte Schwierigkeiten, mit anderen Kindern in meinem Alter zu kommunizieren. Bücher waren einfacher… sie urteilen nicht.»

Als Felix seine Erzählung beendete, war ein neues Verständnis zwischen ihnen entstanden.

Es war, als ob sie eine Brücke über die Kluft ihrer unterschiedlichen Welten gebaut hätten.

Lukas wählte schließlich ein Buch aus und ging zur Kasse. Bevor er ging, sagte er: «Ich würde gerne mehr über Ihre Welt erfahren, Felix. Vielleicht können Sie mir eines Tages mehr zeigen?»

Felix nickte, überrascht und erfreut zugleich.

«Ja, das würde ich gerne tun.»

Nachdem Lukas gegangen war, stand
Felix da, das Buch in der Hand, und
spürte, wie sich etwas in ihm verän-
derte.

Kapitel 4

In der Stille seines kleinen Zimmers hinter der Buchhandlung saß Felix, seine Gedanken kreisten um eine Einladung zu einer lokalen Kunstausstellung, die er erhalten hatte.

Er hatte von Lukas' Teilnahme an der Ausstellung erfahren und überlegte, ob er ihn einladen sollte. Es war ein einfacher Gedanke, aber für Felix fühlte es sich an wie ein Sprung ins Ungewisse.

Nach langem Zögern griff er zum Telefon. Sein Herz schlug schneller, als er die Nummer wählte, die Lukas ihm für ‚Fragen zu Kunstbüchern' gegeben hatte.

«Hi, Lukas? Hier ist Felix aus der Buchhandlung», begann er, seine Stimme zitterte leicht.

«Oh, Felix! Schön, von dir zu hören. Wie geht es dir?»

Lukas' Stimme klang warm und aufrichtig.

«Ich… ähm… ich habe hier eine Einladung zu einer Kunstausstellung nächste Woche. Ich dachte, vielleicht hättest du Interesse, zusammen hinzugehen?»

Felix hielt den Atem an, als er wartete.

«Das klingt großartig, Felix! Ich würde mich freuen, mit dir zu gehen. Danke, dass du an mich gedacht hast», antwortete Lukas.

Felix' Herz machte einen Sprung.

«Großartig! Dann… dann treffen wir uns dort?»

«Ja, sehr gerne. Ich freue mich darauf, Felix.»

Nach dem Telefonat legte Felix auf und lehnte sich zurück.

Er konnte es kaum glauben, dass er den Mut gefunden hatte, Lukas einzuladen. Erleichterung und Vorfreude durchströmten ihn.

In diesem Moment begann Felix zu realisieren, dass diese neue Verbindung mit Lukas ihn dazu brachte, über die Grenzen seines bisherigen Lebens hinauszublicken. Er fühlte sich, als würde er langsam die Seiten eines neuen Kapitels in seinem eigenen Leben aufschlagen.

Lukas stand inmitten seines Ateliers, umgeben von den Werken, die bald in der Ausstellung gezeigt werden sollten. Seine Gedanken waren jedoch nicht bei den Bildern, sondern bei der bevorstehenden Verabredung mit Felix. Er hatte nie erwartet, dass jemand wie Felix, so ruhig und zurückgezogen, eine solche Wirkung auf ihn haben könnte.

Mit einem Pinsel in der Hand begann Lukas an einer neuen Leinwand zu arbeiten. Die Idee für dieses Bild war ihm nach seinem letzten Besuch in der Buchhandlung gekommen. Es sollte etwas Besonderes sein, ein Werk, das seine eigenen Gefühle, aber auch die stille Intensität von Felix einfing.

Während er malte, dachte Lukas über die kleinen Momente nach, die er mit Felix geteilt hatte. Jedes Wort, jeder Blick hatte etwas in ihm erweckt, eine tiefe Verbindung, die er nicht ganz erklären konnte.

Dieses Kunstwerk sollte mehr als nur ein weiteres Stück in seiner Sammlung sein; es war ein Spiegel seiner inneren Welt und der leisen Veränderungen, die seit dem Kennenlernen von Felix stattgefunden hatten.

Als Lukas schließlich seine Pinsel niederlegte, betrachtete er das Bild vor sich. Es war anders als alles, was er zuvor geschaffen hatte – ruhiger, tiefer, persönlicher. Er wusste, dass er es bei der Ausstellung zeigen würde, und der Gedanke daran, Felix' Reaktion darauf zu sehen, erfüllte ihn mit einer Mischung aus Nervosität und Vorfreude.

Als er kurz auf sein Handy blickte, bemerkte er eine neue Nachricht von Antoine, einem seiner engsten Freunde aus Paris.

«Hey Lukas, wie läuft es in der Kleinstadt? Wir vermissen dich hier in Paris!», las er die Nachricht von

Antoine und ein Lächeln breitete sich auf seinem Gesicht aus.

Antoine war immer dafür bekannt gewesen, die Stimmung zu heben und eine positive Perspektive zu bewahren.

Lukas tippte schnell eine Antwort: «Die Kleinstadt hat ihren eigenen Charme, aber ich vermisse euch auch. Hoffe, wir sehen uns bald wieder.»

Antoine antwortete fast sofort: «Definitiv! Und vergiss nicht, wir sind immer nur einen Anruf entfernt. Paris wartet auf dich, mein Freund.»

Lukas stand einen Moment lang still und betrachtete das alte Familienfoto auf dem Kaminsims seines Ateliers. Es zeigte ihn als Kind, lächelnd zwischen seinen mittlerweile verstorbenen Eltern. Seit ihrem Verlust vor einigen Jahren hatte er gelernt, auf eigenen Beinen zu stehen, geprägt von der Liebe und der Freiheit, die sie ihm immer gewährt hatten. Ihr Erbe war ein Teil von ihm – in seiner Kunst, in seinem Streben nach

Authentizität und in der Art, wie er die Welt sah. Sie hatten ihm die Flügel gegeben, Paris zu erkunden, und jetzt, in der Kleinstadt, fühlte er, wie ihre stille Präsenz ihn immer noch leitete.

Die Kunstausstellung war in vollem Gange, als Felix ankam. Die Räume waren gefüllt mit Menschen, die sich angeregt unterhielten, und die Wände waren bedeckt mit den verschiedensten Kunstwerken.

Für Felix, der sein Leben meist in der ruhigen Welt der Bücher verbracht hatte, fühlte sich das alles fremd und aufregend zugleich an.

Er entdeckte Lukas, der bei einem der Kunstwerke stand und mit einigen Gästen sprach. Als Lukas Felix erblickte, hellte sich sein Gesicht auf.

«Du bist da! Komm, ich zeige dir etwas», sagte er und winkte Felix zu sich.

Gemeinsam schlenderten sie durch die Ausstellung, und Lukas erklärte die Geschichten und Techniken hinter den verschiedenen Werken. Felix hörte fasziniert zu, beeindruckt von Lukas' Wissen und seiner Begeisterung für die Kunst.

Als sie zu einem mit einem Tuch verhüllten Bild kamen, hielt Lukas inne.

«Ich möchte dir etwas Besonderes zeigen», sagte er und enthüllte das Kunstwerk, das er inspiriert von Felix geschaffen hatte.

Felix' Atem stockte, als er das Bild betrachtete. Es war eine Darstellung der Buchhandlung, aber durch Lukas' Augen gesehen – lebendig, farbenfroh und doch irgendwie ruhig. In der Mitte des Bildes stand eine Figur, die unverkennbar Felix war, umgeben von einem Meer aus Büchern und Farben.

«Ich… das ist unglaublich, Lukas», stammelte Felix, überwältigt von der Geste und der Bedeutung des Werks.

Lukas beobachtete Felix' Reaktion mit einem leisen Lächeln.

«Du hast mich inspiriert», sagte er einfach. «Diese Buchhandlung, deine Welt – sie hat mir eine ganz neue Perspektive gegeben.»

Der Rest des Abends verging in einem Wirbel aus Gesprächen und Bewunderung für die Kunst, aber für Felix gab es nur ein Highlight – das Bild, das Lukas für ihn geschaffen hatte.

Es war, als hätte Lukas einen Teil seiner Seele auf die Leinwand gebracht, und Felix fühlte sich zutiefst verbunden mit dem Künstler neben ihm.

Als die Ausstellung zu Ende ging und sie sich verabschiedeten, wusste Felix, dass sich etwas zwischen ihnen verändert hatte. Dieser Abend hatte nicht nur eine Welt der Kunst für ihn geöffnet, sondern auch die Möglichkeit einer neuen, tieferen Verbindung zu Lukas.

Kapitel 5

Felix war gerade dabei, ein paar Bücher im Regal zu sortieren, als die Türklingel der Buchhandlung klang. Er drehte sich um und sein Herz sank, als er das vertraute Gesicht seines ehemaligen Schulkameraden, Markus, erkannte. Markus hatte Felix in der Schule oft wegen seiner stillen Art und wegen Gerüchten über seine Homosexualität gehänselt.
«Hallo, Felix», begrüßte Markus ihn mit einem überraschend freundlichen Lächeln. «Lange nicht gesehen.»
Felix nickte steif. «Hallo, Markus. Was führt dich hierher?»
«Ich suche ein Geschenk für meine Freundin. Sie liebt diese romantischen Liebesromane», antwortete Markus, während sein Blick durch die Buchhandlung schweifte.
Während Felix ihm einige Bücher empfahl, konnte er nicht aufhören, an die

schmerzhaften Erinnerungen zu denken, die Markus' Anwesenheit hervorrief.

Die alte Angst und Unsicherheit krochen in ihm hoch, und er fühlte sich plötzlich wieder wie der schüchterne, unsichere Junge von damals.

Nachdem Markus gegangen war, blieb Felix nachdenklich zurück. Die Begegnung hatte alte Wunden aufgerissen und ihn an die Härte erinnert, mit der die Welt manchmal auf Menschen wie ihn reagierte.

Er dachte an Lukas, an ihre wachsende Nähe und fragte sich, ob er wirklich bereit war, sich auf jemanden einzulassen, der so anders war, so sichtbar und unverfroren er selbst.

Die Zweifel begannen, an Felix zu nagen. War es sicher, seine Gefühle für Lukas zu erforschen, oder riskierte er, sich selbst und seine hart erkämpfte Ruhe zu verlieren?

Die Angst vor Ablehnung und Schmerz, die er so lange unterdrückt hatte, begann, an die Oberfläche zu dringen.

In diesem Moment stand Felix an einem Scheideweg. Sollte er seinem Herzen folgen und das Risiko eingehen, verletzt zu werden, oder sollte er sich in die Sicherheit seiner gewohnten Einsamkeit zurückziehen?

Obwohl er einen festen Freundeskreis hatte, mit Leuten, die er regelmäßig traf, fühlte sich Felix immer wieder von einer tiefen, inneren Einsamkeit umgeben, die in Momenten wie diesen besonders spürbar wurde.

Lukas betrat die Buchhandlung mit einem Lächeln, das jedoch sofort verblasste, als er Felix' angespannte Haltung bemerkte.

«Hey, Felix, alles in Ordnung?», fragte er besorgt, als er näher trat.

Felix sah auf, bemüht, seine Unruhe zu verbergen.

«Ja, ja, alles gut. Was kann ich für dich tun?»

«Ich wollte nur vorbeischauen und sehen, wie es dir geht», erwiderte Lukas, ein besorgter Unterton in seiner Stimme. «Du siehst besorgt aus.»

Felix schüttelte den Kopf.

«Nein, nein, es ist alles in Ordnung. Wirklich.» Seine Stimme zitterte leicht, ein deutliches Zeichen, dass nicht alles stimmte.

Lukas trat einen Schritt näher.

«Felix, wenn etwas los ist, kannst du mit mir darüber sprechen. Ich bin hier, um dir zuzuhören.»

Felix spürte, wie sich eine Mauer in ihm aufbaute.

«Lukas, ich weiß das zu schätzen, aber ich kann gerade nicht darüber sprechen.» Seine Worte waren sanft, aber bestimmt.

Lukas zögerte, unsicher, wie er reagieren sollte.

«Okay, wenn du das sagst. Aber erinnere dich, dass ich hier bin, wenn du reden willst.» Er lächelte schwach, bevor er sich umdrehte und die Buchhandlung verließ.

Nachdem Lukas gegangen war, lehnte sich Felix gegen den Tresen und schloss die Augen. Er war zerrissen zwischen dem Wunsch, sich Lukas anzuvertrauen und der tief verwurzelten Angst, verletzt zu werden.

Die Begegnung mit Markus hatte alte Wunden aufgerissen, und nun fühlte er sich verloren in einem Meer aus Unsicherheit.

Felix saß allein in seinem kleinen Zimmer, umgeben von Büchern und Erinnerungen. Das gedämpfte Licht der Schreibtischlampe warf lange Schatten an die Wände. Er dachte über die letzten Tage nach, über Lukas und die unerwarteten Wege, die sein Leben genommen hatte.

Er erkannte, dass seine Vergangenheit, seine Ängste und Unsicherheiten einen Schatten über sein gegenwärtiges Glück warfen. Die Begegnung mit Markus hatte alte Wunden aufgerissen, aber es hatte ihm auch gezeigt, dass er nicht länger in der Vergangenheit leben konnte. Er musste lernen, sich seinen Ängsten zu stellen, wenn er jemals vorwärtskommen wollte.

Felix dachte an Lukas, an dessen Offenheit und Mut, sein wahres Selbst zu sein.

Er wünschte, er könnte nur einen Bruchteil von dessen Stärke haben.

Doch dann wurde ihm klar, dass Lukas' Stärke nicht nur in seiner Sichtbarkeit lag, sondern auch in seiner Fähigkeit, sich zu öffnen und verletzlich zu sein.

Mit einem tiefen Atemzug stand Felix auf. Er ging zu seinem Fenster und blickte in die stille Nacht. Die Sterne funkelten am Himmel, wie kleine Erinnerungen daran, dass es immer Licht in der Dunkelheit gibt.

«Ich weiß nicht, was ich machen soll, Jonas», gestand Felix einem Freund am nächsten Tag, während sie durch den Park spazierten.

«Hör zu, Felix. Du und Lukas, ihr seid aus unterschiedlichen Welten. Aber ich sehe, wie du aufblühst, wenn du von ihm erzählst. Obwohl ich ihn nicht kenne, sehe ich, wie er dich zum Lächeln bringt. Gib ihm und dir selbst eine Chance», riet Jonas.

«Aber was, wenn es schiefgeht?»

«Dann sind wir hier, um dich aufzufangen. Aber ich habe das Gefühl, dass es das Risiko wert ist.»

Felix nickte nachdenklich. Jonas hatte vielleicht recht. Vielleicht war es an der Zeit, sich den Herausforderungen zu stellen, statt ihnen auszuweichen.

In diesem Moment traf Felix eine Entscheidung. Er würde sich nicht länger von seinen Ängsten beherrschen lassen. Er wollte lernen, sich zu öffnen, zu vertrauen und vielleicht sogar zu lieben.

Am nächsten Tag beschloss Felix, Lukas zu besuchen und ihm von seinen Gefühlen und Ängsten zu erzählen. Es war ein riskanter Schritt, aber einer, der notwendig war, um die Schatten seiner Vergangenheit hinter sich zu lassen und in ein helleres Kapitel seines Lebens zu treten.

Kapitel 6

Felix' Herz schlug heftig, als er vor Lukas' Ateliertür stand. Er nahm all seinen Mut zusammen und klopfte. Die Tür öffnete sich, und Lukas erschien, überrascht, aber erfreut, Felix zu sehen.

«Hey, Felix. Das ist eine Überraschung. Komm herein», sagte Lukas und machte Platz.

Felix trat ein, sein Blick fiel auf die lebendigen Kunstwerke, die die Wände zierten. Er atmete tief durch, bevor er begann zu sprechen.

«Lukas, ich... ich muss mit dir über etwas reden.»

Lukas nickte, seine Haltung aufmerksam und offen. «Natürlich, Felix. Was ist los?»

Felix erzählte von der Begegnung mit Markus, von den alten Ängsten und wie sie ihn in der Gegenwart beeinflussten.

Er sprach von seiner Unsicherheit und Verletzlichkeit, Dinge, die er noch nie jemandem offenbart hatte.

Während er sprach, sah er Lukas direkt in die Augen, suchte nach einem Zeichen von Urteil oder Ablehnung. Aber alles, was er fand, war Verständnis und eine tiefe, aufrichtige Anteilnahme.

Lukas ging einen Schritt auf Felix zu.

«Ich verstehe, Felix. Und ich bewundere deinen Mut, mir das zu erzählen. Deine Vergangenheit macht dich zu dem, der du bist, und ich… ich mag, wer du bist.»

Felix fühlte, wie sich etwas in seinem Inneren lockerte. Die Last, die er so lange getragen hatte, schien leichter zu werden.

«Ich hatte Angst», gestand er. «Angst, dass du anders über mich denkst, wenn du das alles weißt.»

«Nein», sagte Lukas sanft. «Es bringt mich dir nur näher. Wir alle haben

Schatten in unserer Vergangenheit. Es ist, wie wir damit umgehen, das zählt.»

In diesem Moment fühlten sich Felix und Lukas einander näher als je zuvor. Die Mauern, die Felix um sich errichtet hatte, begannen zu bröckeln, und er sah einen Weg vor sich, einen Weg, den er gemeinsam mit Lukas gehen wollte.

Als Felix das Atelier verließ, fühlte er sich leichter, als hätte er einen langen, dunklen Tunnel verlassen und wäre wieder ins Licht getreten. Er wusste, dass der Weg nicht einfach sein würde, aber zum ersten Mal seit Langem fühlte er sich nicht mehr allein.

Die Straßen der Stadt fühlten sich anders an, als Felix und Lukas sie gemeinsam erkundeten. Die Farben schienen heller, die Geräusche lebhafter, und selbst die Luft schien erfüllt von einer neuen Art von Energie.

Lukas führte Felix an Orte, die dieser noch nie zuvor besucht hatte – kleine Kunstgalerien, lebhafte Cafés und versteckte Gärten. Jeder Ort erzählte eine eigene Geschichte, und Felix fand sich fasziniert von der Welt, die sich ihm offenbarte.

«Siehst du? Das Leben ist voller Überraschungen und Schönheit, man muss nur wissen, wo man suchen muss», sagte Lukas, während sie durch eine kleine Gasse voller Wandmalereien schlenderten.

Felix nickte, beeindruckt von der Kreativität und Lebendigkeit, die ihn umgaben.

«Ich habe nie gewusst, dass all das hier existiert. Meine Welt war immer so klein, so… begrenzt.»

Lukas legte einen Arm um Felix' Schultern.

«Deine Welt ist wunderschön, Felix. Und jetzt wird sie einfach ein bisschen größer. Das ist alles.»

Im Gegenzug zeigte Felix Lukas seine Welt – die ruhigen Ecken der Stadt, den alten Park mit seinem stillen Teich und die Buchhandlung nach Schließung. Lukas fand sich gefangen in der Tiefe und Ruhe dieser Orte, so anders als die lebhaften Räume, die er gewohnt war.

«Es ist so still hier, so friedlich», bemerkte Lukas, als sie im Park auf einer Bank saßen. «Ich verstehe jetzt, warum du Bücher liebst. Sie sind wie Tore zu anderen Welten.»

Felix lächelte.

«Ja, das sind sie. Aber ich beginne zu sehen, dass es auch außerhalb von Büchern viel zu entdecken gibt.»

In den Tagen, die folgten, lernten sie voneinander und mit jedem Tag wuchs ihre Verbindung. Für Felix war es, als würde er langsam aus einem langen Schlaf erwachen, während Lukas die Stille und Tiefe in Momenten des Alleinseins zu schätzen lernte.

Kapitel 7

Die Buchhandlung war für Felix mehr als nur ein Arbeitsplatz; sie war ein Treffpunkt für Gleichgesinnte, ein Ort des Austauschs und der Gemeinschaft. Jeden Dienstagabend nach Ladenschluss verwandelte sich der Raum in einen gemütlichen Treffpunkt für den Buchclub, den Felix vor Jahren ins Leben gerufen hatte. Mit ein paar bequemen Sesseln, sanftem Licht und umgeben von Regalen voller Bücher, bot die Buchhandlung die perfekte Atmosphäre für literarische Diskussionen und freundschaftliche Gespräche.

Anna, eine lebenslange Freundin von Felix und begeisterte Romanliebhaberin, war eine der Stammgäste. Sie hatte eine Vorliebe für klassische Literatur und brachte stets neue Bücher mit, die sie mit der Gruppe teilen wollte.

Ihr scharfer Verstand und ihre liebevolle Art machten sie zu einer beliebten Figur im Buchclub.

Jonas, ein weiteres Mitglied der Gruppe, war erst später dazugestoßen. Er war ein ehemaliger Studienkollege von Felix und hatte eine Schwäche für historische Romane und Biografien. Seine ruhige, bedachte Art ergänzte die Dynamik des Clubs perfekt.

An diesem Abend, während die Mitglieder des Buchclubs in ihren Sesseln entspannten und die Seiten ihrer aktuellen Lektüre umblätterten, brach Anna das Schweigen.

«Also, Felix, wie läuft es mit dem geheimnisvollen Künstler?», fragte sie, während sie durch die Seiten ihres Romans blätterte.

Felix lächelte schüchtern.

«Lukas ist… anders. Er bringt Farbe in meine Welt.»

«Er klingt faszinierend», meinte Jonas, seinen Blick von einem dicken

Geschichtsbuch hebend. «Du verdienst jemanden, der dein Leben bereichert.»

«Danke, ihr beiden. Ich bin nur... vorsichtig.»

«Und das ist auch gut so», erwiderte Anna. «Aber denk daran, dass du auch mutig sein solltest. Du hast dich deinen Eltern widersetzt und bist kein Architekt geworden, so wie sie es wollten. Jetzt, wo du beruflich deinen Traum lebst, solltest du auch privat dein Glück finden. Dafür musst du dich auch selbst einsetzen. Du weißt, dass wir für dich da sind, wenn du Hilfe benötigst.»

Felix nickte dankbar. In diesem Moment fühlte er sich nicht nur von Büchern, sondern auch von wertvollen Freundschaften umgeben. Der Buchclub war nicht nur ein Ort für literarische Diskussionen, sondern auch ein sicherer Hafen, in dem er seine Gedanken und Gefühle frei teilen konnte.

Er wusste, dass er sich auf die Unter-
stützung und Ehrlichkeit seiner
Freunde verlassen konnte, egal, welche
Wendungen das Leben nahm.

Felix spürte eine Veränderung in der Luft, als er Lukas' Atelier betrat. Lukas stand am Fenster und sprach mit einem Mann, dessen Rücken zu Felix gewandt war.

Als sie sich umdrehten, stellte Felix fest, dass der Mann Lukas' Ex-Partner Max war, von dem er schon gehört hatte.

«Ah, Felix, das ist Max. Er hat gerade die Stadt besucht und wollte vorbeischauen», erklärte Lukas, doch seine Stimme klang angespannt.

Max streckte seine Hand aus.

«Schön, dich zu treffen, Felix. Lukas hat viel von dir erzählt.»

Felix erwiderte mit feuchten Händen den Händedruck.

«Ebenso», sagte er, bemüht um Höflichkeit.

Nachdem Max gegangen war, herrschte eine merkwürdige Stille zwischen Felix und Lukas.

Felix konnte nicht helfen, aber fühlte sich unbehaglich bei dem Gedanken an Lukas' Vergangenheit mit Max.

«Felix, es bedeutet nichts, dass Max hier war. Das ist vorbei», sagte Lukas, als hätte er Felix' Gedanken gelesen.

«Ich weiß», antwortete Felix, obwohl ein Teil von ihm zweifelte. «Es ist nur… es ist komisch, ihn plötzlich hier zu sehen.»

Lukas trat näher und legte eine Hand auf Felix' Schulter.

«Ich verstehe, dass es seltsam ist. Aber du musst wissen, dass das, was ich mit Max hatte, Vergangenheit ist. Was ich mit dir habe, ist anders, tiefer.»

Felix wollte Lukas glauben, doch das Echo von Max' Anwesenheit hallte in seinem Kopf nach. Er fühlte sich unsicher, ein Gefühl, das er gehofft hatte, überwunden zu haben.

In den nächsten Tagen fand sich Felix in einem Strudel von Zweifeln und Unsicherheiten wieder.

Lukas tat sein Bestes, um ihn zu beruhigen, aber die unerwartete Rückkehr von Max hatte eine latente Unsicherheit in Felix geweckt.

Allein in der Stille seiner Wohnung setzte sich Felix an seinen Schreibtisch und schlug ein leeres Tagebuch auf. Das Schreiben war immer seine Zuflucht gewesen, ein Ort, um seine Gedanken zu ordnen und seinen Gefühlen Ausdruck zu verleihen.

Mit zögernder Hand begann er zu schreiben, über seine Begegnung mit Max, seine Unsicherheit und Eifersucht, und wie diese Emotionen ihn überrascht hatten.

Während die Worte auf das Papier flossen, spürte Felix, wie eine Last von seinen Schultern fiel. Er konnte seine Ängste benennen und sich ihnen stellen.

Unterdessen hatte Lukas in seinem Atelier eine Idee. Er wollte ein Kunstwerk schaffen, das seine Gefühle für Felix

ausdrückte, etwas, das tiefer ging als
Worte. Er hoffte, dass dieses Geschenk
Felix zeigen würde, wie ernst ihm ihre
Beziehung war und dass die Geister der
Vergangenheit ihre Gegenwart nicht
überschatten konnten.

Die nächsten Tage verbrachten Felix
und Lukas getrennt, jeder in seinen
eigenen Gedanken vertieft. Felix fand
Trost in seinem Tagebuch, während
Lukas in seiner Kunst eine Ausdrucks-
form fand.

Als sie sich wiedertrafen, war eine
spürbare Veränderung in ihrer Dynamik zu erkennen. Felix fühlte sich
gefestigter, sicherer in seinen Emotionen. Lukas, der die Veränderung in
Felix bemerkte, fühlte sich ermutigt,
sein Kunstwerk zu enthüllen.

Es war ein einfaches, aber tiefgründiges
Stück, das die Verbindung zwischen
ihnen darstellte – zwei Figuren, fest
verbunden, ihre Schatten miteinander
verflochten. Felix war berührt von der

Symbolik und der Tiefe des Kunstwerks.

«Das sind wir», sagte Lukas leise.
«Egal, was die Vergangenheit bringt,
unsere Verbindung bleibt bestehen.»
Felix sah Lukas an, die Worte und das
Bild zusammenbringend. «Danke,
Lukas. Das bedeutet mir sehr viel.»
In der gemütlichen Atmosphäre der
Buchhandlung nach Schließung saßen
Felix und Lukas zusammen und diskutierten ihre Pläne.

«Ich denke, wir könnten hier eine Art
Ausstellung machen», schlug Lukas
vor. «Deine Bücher neben meinen Bildern. Es würde zeigen, wie Kunst und
Literatur sich ergänzen können.»
Felix leuchteten die Augen.

«Das ist eine fantastische Idee! Wir
könnten Lesungen und Kunstvorführungen organisieren. Es wäre eine perfekte Verbindung unserer Welten.»
In den folgenden Tagen waren sie mit
den Vorbereitungen beschäftigt. Felix

wählte Bücher aus, die thematisch zu Lukas' Kunstwerken passten, während Lukas überlegte, welche seiner Arbeiten am besten in den Raum passten.

Die Nachricht über das bevorstehende Event verbreitete sich schnell in der Gemeinschaft, und bald war ein spürbares Summen der Vorfreude zu spüren. Sowohl Kunstliebhaber als auch Literaturfans zeigten großes Interesse.

Am Tag der Veranstaltung war die Buchhandlung kaum wiederzuerkennen. Lukas' lebendige Gemälde hingen an den Wänden, während die Bücherregale sorgfältig arrangierte Werke präsentierten, die die Themen und Farben der Kunstwerke widerspiegelten.

Die Gäste waren beeindruckt von der Harmonie zwischen den Büchern und der Kunst. Felix führte Lesungen durch, während Lukas über die Inspirationen und Techniken seiner Werke sprach.

Ihre Leidenschaft und Harmonie waren ansteckend, und die Atmosphäre war erfüllt von angeregten Gesprächen und Bewunderung.

Als der Abend zu Ende ging, standen Felix und Lukas Seite an Seite, blickten auf das erfolgreiche Event zurück.

«Wir haben das zusammen gemacht», sagte Felix mit Stolz in seiner Stimme.

«Ja, das haben wir», stimmte Lukas zu, seine Hand suchte Felix'. «Zusammen sind wir ein tolles Team.»

Kapitel 8

Das Wohnzimmer seiner Eltern war erfüllt von der vertrauten, aber heute irgendwie beklemmenden Stille. Familienfotos schmückten die Wände, und die Uhr tickte monoton im Hintergrund. Felix spürte die Anspannung, als er sich seinen Eltern gegenüberstellte.

«Mutter, Vater, ich bin hier, weil ich möchte, dass ihr versteht. Die Buchhandlung und Lukas… sie sind mein Leben», sagte Felix mit einer Stimme, die fester klang, als er sich fühlte.

Sein Vater, ein Mann der wenigen Worte, saß mit verschränkten Armen da und musterte ihn.

«Wir wollen nur das Beste für dich, Felix. Aber wir machen uns Sorgen, dass du dich in dieser kleinen Welt verlierst.»

«Ich verliere mich nicht, Vater. Ich habe mich gefunden», erwiderte Felix. «In den Büchern, in der Buchhandlung, bei Lukas – dort bin ich ich selbst.»

Seine Mutter, deren besorgte Augen immer wieder zwischen Felix und seinem Vater hin und her wanderten, seufzte leise. «Felix, es ist schwer für uns zu verstehen. Diese Welt der Bücher, diese… Beziehung. Wir wollen nur, dass du glücklich bist.»

«Ich bin glücklich», insistierte Felix. «Lukas versteht mich auf eine Weise, wie es sonst niemand tut. Er respektiert meine Leidenschaft für Bücher und teilt sie sogar.»

«Und was ist mit der Zukunft, Felix? Was ist mit Sicherheit, mit Familie?», warf sein Vater ein, seine Stimme nun weniger streng, mehr besorgt.

«Meine Zukunft ist hier und jetzt», sagte Felix leise, aber bestimmt. «Und Lukas ist ein Teil davon. Ich weiß, es ist nicht der traditionelle Weg, aber es ist mein Weg.»

Ein langes Schweigen folgte, in dem nur das Ticken der Uhr zu hören war. Schließlich nickte seine Mutter.

«Wir lieben dich, Felix. Auch wenn wir nicht alles verstehen, was du tust. Und wenn dieser Lukas dich glücklich macht… dann soll es so sein.»

Felix fühlte, wie sich eine Last von seinen Schultern hob.

Es war kein perfektes Verständnis, aber es war ein Anfang, eine Brücke zwischen seiner Welt und der seiner Eltern. Er wusste, es würde Zeit brauchen, aber dieser Moment war ein Schritt auf einem längeren Weg zur Akzeptanz und vielleicht sogar zum vollen Verständnis.

«Danke», flüsterte er, und in diesem kleinen Wort lag eine Welt voller Hoffnung und Dankbarkeit.

Lukas und Felix saßen in Lukas' Atelier, umgeben von den lebendigen Farben seiner Bilder, als Lukas das Thema zur Sprache brachte.

«Felix, ich habe ein Angebot bekommen. Eine große Galerie in Paris möchte eine Einzelausstellung meiner Werke machen.»

Felix' Herz sank.

«Das klingt… großartig, Lukas. Wirklich.»

Lukas blickte nachdenklich aus dem Fenster.

«Es ist eine unglaubliche Chance, Felix. Aber es würde bedeuten, dass ich für einige Zeit nach Paris ziehen müsste.»

Die Stille zwischen ihnen war schwer. Felix spürte, wie sich Angst und Unsicherheit in ihm breitmachten. Die Aussicht, Lukas zu verlieren, auch nur vorübergehend, war beängstigend.

«Felix, ich weiß nicht, was ich tun soll», gestand Lukas. «Einerseits ist es eine Chance, von der ich immer geträumt habe. Andererseits möchte ich nicht unsere Beziehung riskieren.»

Felix fühlte, wie seine Kehle sich zuschnürte.

«Ich möchte nicht der Grund sein, warum du so eine Gelegenheit verpasst, Lukas.»

«Aber du bist der Grund, warum ich überhaupt hierbleiben möchte», erwiderte Lukas leise.

Die Entscheidung lastete schwer auf ihnen beiden. Lukas stand vor der Wahl zwischen seiner Karriere und seiner Beziehung zu Felix, während Felix den Drang zurückhalten musste, Lukas davon abzubringen, wegzugehen.

In den folgenden Tagen war die Atmosphäre zwischen ihnen von Unsicherheit und unausgesprochenen Fragen geprägt. Lukas kämpfte mit seiner Entscheidung, und Felix versuchte, seine eigenen Ängste und den Wunsch, Lukas zu unterstützen, in Einklang zu bringen.

Das schwache Licht der Nachmittags-
sonne fiel durch das Fenster von Felix'
Buchhandlung, als er und Lukas sich
für ein ernsthaftes Gespräch
zusammensetzten.

«Lukas, ich habe darüber nachgedacht», begann Felix zögerlich. «Vielleicht ist es das Beste, wenn du das
Angebot annimmst.»

Lukas sah ihn überrascht an.

«Felix, ich kann nicht einfach gehen
und unsere Beziehung…»

Felix unterbrach ihn. «Ich weiß, es wird
schwierig. Aber ich möchte nicht der
Grund sein, warum du aufhörst, deinen
Träumen zu folgen. Ich liebe dich, und
deshalb will ich, dass du das tust, was
für dich am besten ist.»

Lukas griff nach Felix' Hand.

«Und was ist mit uns? Was ist mit dem,
was wir hier haben?»

Felix sah ihm in die Augen, seine eigenen voller unausgesprochener Sorgen.

«Ich weiß es nicht, Lukas. Aber ich weiß, dass ich nicht in deinem Weg stehen will. Vielleicht… vielleicht können wir eine Fernbeziehung führen. Wir könnten es zumindest versuchen.»
Die Möglichkeit einer Fernbeziehung lag wie eine schwer greifbare Hoffnung vor ihnen. Lukas war hin- und hergerissen zwischen der Liebe zu Felix und der Chance, seine Kunst auf eine neue Ebene zu heben.
«Es wird nicht einfach sein», sagte Lukas leise. «Paris ist weit weg, und ich werde viel Zeit und Energie in die Vorbereitung der Ausstellung stecken müssen.»
«Ich weiß», antwortete Felix. «Aber wir sind stark, Lukas.»
Als der Abend hereinbrach, hatte Lukas eine Entscheidung getroffen.
«Ich werde nach Paris gehen», sagte er fest. «Aber ich verspreche dir, dass dies unsere Beziehung nicht beenden wird.

Wir werden einen Weg finden, das zu schaffen.»

Felix nickte und schaute Lukas mit feuchten Augen an. «Ich vertraue dir, Lukas. Und ich werde hier auf dich warten.»

Kapitel 9

Die Tage bis zu Lukas' Abreise nach Paris waren gefüllt mit einer Mischung aus Vorfreude und Melancholie. Während Lukas seine Koffer packte, spürte Felix ein stetiges Ziehen in der Brust.

«Wir werden jeden Tag sprechen, okay? Und ich komme dich besuchen, so oft ich kann», versprach Lukas, als er seine letzten Sachen zusammenpackte.

Felix nickte, seine Kehle eng vor unausgesprochenen Worten.

«Ich weiß. Es wird nur… anders sein.»

Der Tag der Abreise kam zu schnell. Sie standen am Bahnhof, fest umschlungen, unfähig, sich zu trennen.

«Ich liebe dich», flüsterte Lukas.

«Ich dich auch», erwiderte Felix, seine Stimme erstickt von Tränen.

Als der Zug abfuhr, stand Felix da, sah zu, wie Lukas in der Ferne verschwand, und fühlte, wie ein Teil von ihm mitging.

In den folgenden Wochen fanden sie sich in der neuen Realität ihrer Fernbeziehung wieder. Die täglichen Videoanrufe wurden zu ihrem Anker, eine Verbindung, die sie über die Distanz hinweg aufrechterhielt. Jedes Gespräch war ein kostbarer Moment, gefüllt mit Geschichten, Lachen und manchmal Tränen.

Die Fernbeziehung brachte neue Herausforderungen mit sich, aber auch eine neue Tiefe ihres Verständnisses und ihrer Wertschätzung füreinander. Sie lernten, die kleinen Dinge zu schätzen und fanden Wege, ihre Liebe über die Kilometer hinweg zu stärken.

Paris war ein Wirbel aus Farben, Geräuschen und unendlicher Energie, ein starker Kontrast zu der ruhigen Kleinstadt, die Lukas gewohnt war. Sein Atelier in Paris war geräumig und hell, ein

perfekter Ort für seine Kreativität, doch
es fehlte die vertraute Gegenwart von
Felix.

Während er an seinen Kunstwerken für
die bevorstehende Ausstellung arbeitete, fand Lukas seine Gedanken oft bei
Felix. Er vermisste die ruhigen Abende
in der Buchhandlung, die tiefgründigen
Gespräche und einfach die Nähe zu
Felix.

Die Vorbereitungen für die Ausstellung
waren intensiv. Lukas arbeitete lange
Stunden, immer getrieben von dem
Wunsch, etwas zu schaffen, das nicht
nur die Pariser Kunstszene beeindru-
cken, sondern auch Felix stolz machen
würde.

In den Pausen zwischen dem Malen
und Organisieren rief er Felix an, teilte
seine Fortschritte und Herausforderungen. Jedes Mal, wenn er Felix'
Stimme hörte, fühlte er eine Mischung
aus Freude und Sehnsucht.

In einem kleinen, gemütlichen Café im Herzen von Paris saß Lukas an einem abgelegenen Tisch, umgeben von seinen alten Freunden. Die warme Atmosphäre des Cafés und das vertraute Lachen seiner Freunde um ihn herum boten einen willkommenen Kontrast zu der Unruhe, die ihn in den letzten Tagen begleitet hatte.

«Es ist so gut, dich wieder hier zu haben, Lukas», sagte Chloé, während sie einen Schluck ihres Kaffees nahm. «Aber du siehst besorgt aus. Was ist los?»

Lukas zögerte einen Moment, bevor er antwortete. «Es ist Felix… ich vermisse ihn. Und ich weiß nicht, wie wir mit dieser Distanz zwischen uns umgehen sollen.»

Sophie, die ihm gegenübersaß, legte ihre Hand beruhigend auf seinen Arm.

«Lukas, Beziehungen auf Distanz sind schwierig, aber nicht unmöglich. Ihr

beide habt etwas Besonderes, etwas, das die Entfernung überstehen kann.»
Antoine, der neben Lukas saß, nickte zustimmend.
«Genau. Ihr habt beide eure eigene Welt, aber zusammen seid ihr noch stärker. Lass die Kunst deine Brücke zu ihm sein.»
Die Worte seiner Freunde gaben Lukas Trost und Hoffnung.
«Ihr habt recht. Ich sollte nicht zulassen, dass die Entfernung mich so beeinflusst. Ich muss einen Weg finden, unsere Verbindung zu stärken.»
Chloé lächelte.
«Und denk daran, wir sind hier, um dich zu unterstützen, Lukas. Paris ist nicht nur ein Ort, es ist ein Teil von dir, genau wie deine Freunde.»

Kapitel 10

Felix stand zögernd vor der Tür von Lukas' Atelier in Paris, sein Herz klopfte vor Aufregung. Er hatte extra einen Flug gebucht, um Lukas zu überraschen. Er konnte es kaum erwarten, Lukas wieder zu sehen, und freute sich schon auf dessen überraschtes Gesicht.

Als die Tür sich öffnete, traf ihn der Anblick von Max wie ein Schlag.

«Oh, Felix… Lukas ist gerade nicht da», sagte Max mit einem Lächeln, das Felix nicht einordnen konnte.

«Ich… Ich wollte ihn überraschen», stammelte Felix, während er versuchte, seine Enttäuschung zu verbergen.

Max trat zur Seite, um Felix hereinzulassen.

«Nun, das ist wirklich eine Überraschung. Er wird sicher bald zurück sein. Möchtest du warten?»

Während Felix in der kreativen Atmosphäre des Ateliers saß, umringt von Lukas' Kunst, fühlte er sich zunehmend unbehaglich. Max plauderte beiläufig über Lukas, erzählte von gemeinsamen Erinnerungen und ihrer tiefen Verbindung.

«Lukas und ich… wir haben hier viel Zeit miteinander verbracht», sagte Max nachdenklich.

Felix' Herz sank. Er stand abrupt auf.

«Ich sollte besser gehen.»

«Sicher? Lukas wird enttäuscht sein, dich verpasst zu haben», antwortete Max, seine Stimme sanft, aber in Felix' Ohren klang es falsch.

Sobald Felix das Atelier verließ, war seine Entscheidung gefasst. Er kehrte zurück in die Kleinstadt, verwirrt und verletzt, überzeugt davon, dass Lukas und Max wieder zusammen waren.

In der Buchhandlung, umgeben von den stillen Zeugen seiner vergangenen

Freude – den Büchern –, saß Felix alleine.

Sein Blick war leer, während er gedankenverloren das Foto von ihm und Lukas betrachtete, das auf seinem Schreibtisch stand. Es zeigte sie an einem sonnigen Tag im Park, strahlend und voller Hoffnung. Jetzt wirkte dieses Bild wie ein Relikt aus einer verlorenen Zeit.

Sein Handy, ein stummer Zeuge der unbeantworteten Anrufe und Nachrichten von Lukas, lag unberührt neben dem Foto. Jeder Ton, jede Vibration, die ein weiterer Versuch von Lukas ankündigte, fühlte sich an wie ein Stich ins Herz.

Die Bilder von Lukas und Max zusammen in Paris ließen Felix nicht los, ein ständiger Schmerz, der tief in seinem Inneren brannte.

Er versuchte, sich in die Routine der Buchhandlung zu flüchten – Bücher sortieren, Kunden beraten –, aber alles erinnerte ihn an Lukas. Jedes Buch, das sie gemeinsam betrachtet hatten, jeder Plan, den sie geschmiedet hatten, hallte nun hohl in Felix' Ohren.

In Paris durchlebte Lukas seine eigene Qual.

Er konnte nicht verstehen, warum Felix all seine Anrufe und Nachrichten ignorierte. Er fühlte sich verloren, sein Verstand gefangen in einem Netz aus Unsicherheit und Frustration.

«Warum antwortest du nicht, Felix?», flüsterte er in die Stille seines Ateliers.

Währenddessen ertränkte Felix seine Trauer in der nächtlichen Stille der Buchhandlung. Die Bücher, einst Quellen der Freude und Inspiration, schienen ihn jetzt mit ihren unzähligen Geschichten zu erdrücken. Seine Freunde bemerkten den Wandel in ihm, aber ihre Versuche, ihm zu helfen, prallten an der Mauer seiner Traurigkeit ab.

Er hatte sich in seine eigene Welt zurückgezogen, einen Kokon aus Schmerz und Erinnerungen.

Die Tage zogen vorbei, und mit jedem Tag wuchs der Abgrund zwischen Felix und Lukas. Das Missverständnis, das unausgesprochen zwischen ihnen lag, wurde zu einer unüberwindlichen Barriere, die ihre einst so starke Verbindung zu zerstören drohte.

Nach seiner übereilten Rückkehr in die Kleinstadt fand sich Felix in einem Wirbelsturm der Emotionen wieder. Er ignorierte Lukas' wiederholte Anrufe und Nachrichten, unfähig, über die Bilder von Max in Lukas' Atelier hinwegzukommen.

Er malte sich Szenarien aus, in denen Lukas und Max wieder zusammen waren, und jede unbeantwortete Nachricht verstärkte seine Überzeugung, dass er Lukas an Max verloren hatte.

In Lukas' Atelier in Paris, umgeben von seinen unvollendeten Kunstwerken, stand Max, der Lukas' Unruhe und Kummer beobachtete. Er hatte gehofft, dass seine Verbindung zu Lukas wieder aufleben könnte, aber jetzt, da er Lukas so verzweifelt sah, begann er, sein eigenes Handeln zu hinterfragen.

«Lukas, es tut mir leid, dich so zu sehen», begann Max zögernd. «Ich… ich hatte gehofft, dass wir vielleicht wieder…»

Lukas drehte sich zu ihm um, sein Blick müde und traurig.

«Max, was ist passiert? Warum bist du wirklich hier?»

Max atmete tief durch, das Gewicht seines schlechten Gewissens lastete schwer auf ihm.

«Ich dachte, das mit dir und Felix wäre nicht so ernst. Ich wollte eine zweite Chance. Aber ich sehe jetzt, wie sehr du ihn liebst und wie sehr du leidest.»

Lukas schaute Max direkt an, seine Augen suchten nach der Wahrheit.

«Max, was willst du mir sagen?»

Max senkte seinen Blick, unfähig, Lukas direkt anzusehen.

«Er war hier. Er wollte dich überraschen. Ich habe ihm gesagt, wir seien wieder zusammen. Ich dachte, es würde mir helfen, dich zurückzugewinnen, aber ich sehe jetzt, wie falsch das war.»

Lukas' Herz sank. Er hatte geahnt, dass etwas nicht stimmte, aber dies zu hören, traf ihn wie ein Schlag.

«Warum, Max? Warum würdest du so etwas tun?»

«Weil ich dich vermisst habe, Lukas. Aber ich sehe jetzt, dass meine Handlungen mehr Schaden angerichtet haben, als ich mir je vorstellen konnte», gestand Max mit einer Spur von Reue in seiner Stimme.

Lukas schüttelte den Kopf, enttäuscht und verletzt. «Ich muss mit Felix reden. Ich muss das richtigstellen.»

Max nickte, sein eigenes Herz wog schwer in seiner Brust.

«Ich hoffe, er kann mir verzeihen, Lukas. Und ich hoffe, du kannst mir eines Tages auch verzeihen.»

Als Max das Atelier verließ, griff Lukas nach seinem Handy. Er wusste, dass er jetzt handeln musste, um die Wahrheit zu offenbaren und zu versuchen, die Brücke zu Felix zu reparieren, die durch Missverständnisse und Lügen beschädigt worden war.

Er atmete tief durch und wählte mit unterdrückter Rufnummer in der Buchhandlung an. Das Läuten am anderen Ende klang wie ein fernes Echo seiner eigenen Unsicherheit.

«Hallo?», antwortete Felix schließlich, seine Stimme vorsichtig und zurückhaltend.

«Felix, ich bin es, Lukas. Bitte, hör mir zu. Es gibt etwas, das du wissen musst», begann Lukas, seine Stimme fest, aber voller Emotionen.

«Lukas? Was… was ist los?», fragte Felix, ein Hauch von Hoffnung schwang in seiner Stimme mit.

«Ich habe mit Max gesprochen. Er hat mir gesagt, dass du hier in Paris warst, um mich zu sehen. Er hat uns belogen, Felix. Er hat dich glauben lassen, dass wir wieder zusammen sind, aber das ist nicht wahr. Ich war nie wieder mit ihm zusammen», erklärte Lukas schnell, die Worte überschlugen sich fast in seiner Eile.

Felix schwieg einen Moment, dann hörte Lukas ein leises Schluchzen.

«Ich dachte, ich hätte dich verloren», flüsterte Felix.

«Nein, Felix, niemals. Ich liebe dich, nur dich. Ich bin wegen meiner Ausstellung hier gefangen, aber ich werde so schnell wie möglich zu dir zurückkehren», sagte Lukas, seine Stimme brach fast vor Verzweiflung.

«Ich… ich weiß nicht, was ich sagen soll. Ich habe so viel Schmerz gefühlt,

Lukas. So viel Zweifel», gestand Felix, seine Stimme ein Flüstern in der Dunkelheit.

«Ich weiß, und es tut mir so leid. Aber ich verspreche dir, wir werden das durchstehen. Wir werden zusammen stärker daraus hervorgehen», sagte Lukas mit einer Bestimmtheit, die keinen Zweifel an seiner Aufrichtigkeit ließ.

Sie sprachen noch lange, teilten ihre Gefühle und Ängste, und am Ende des Gesprächs fühlte Lukas, wie ein Teil der Last von seinen Schultern fiel. Sie hatten einen langen Weg vor sich, aber der erste Schritt zur Heilung war getan.

Kapitel 11

Die Tage in der Kleinstadt vergingen für Felix in einem sanften, monotonen Rhythmus. Er fand Trost in der Routine seiner Buchhandlung, die ihm half, die Leere zu füllen, die Lukas' Abwesenheit hinterlassen hatte. Jedes Mal, wenn er ein Buch an einen Kunden übergab oder durch die ruhigen Gänge schlenderte, fühlte er eine bittersüße Mischung aus Schmerz und Dankbarkeit.

Schmerz, weil Lukas nicht bei ihm war, und Dankbarkeit dafür, dass ihre Liebe trotz der Entfernung und der Missverständnisse bestand.

In Paris arbeitete Lukas unermüdlich an seinen Vorbereitungen für die Ausstellung. Jedes Kunstwerk war ein Ausdruck seiner tiefsten Emotionen, eine Palette aus Farben, die seine Liebe zu Felix, seinen Kampf mit der Trennung und die Hoffnung auf eine gemeinsame Zukunft widerspiegelten.

Abends, wenn Lukas und Felix ihre täglichen Videoanrufe führten, war es, als würde die Distanz zwischen ihnen für einen Moment schrumpfen. Sie sprachen über ihre Tage, ihre Träume und Ängste, und jeder Anruf endete mit einem Versprechen – bald wieder zusammen zu sein.

«Ich zähle die Tage, bis ich dich wieder in meinen Armen halten kann», sagte Lukas eines Abends, sein Gesicht vom Bildschirm beleuchtet.

Felix lächelte, obwohl Tränen seine Augen füllten.

«Ich auch, Lukas. Ich auch.»

Die Wochen vergingen, und die Ausstellung in Paris rückte näher. Lukas fühlte sich zerrissen zwischen der Aufregung über die Möglichkeit, seine Kunst zu präsentieren, und der Sehnsucht nach Felix.

Die Vorstellung, dass Felix nicht bei ihm sein konnte, um diesen Moment zu teilen, war schwer zu ertragen.

Während Lukas in Paris die letzten Vorbereitungen für seine Ausstellung traf, machte Felix in der Kleinstadt Pläne für Lukas' Rückkehr. Er wollte, dass ihre Wiedervereinigung etwas Besonderes wurde, ein Symbol für einen neuen Anfang. Die genauen Details dieser Pläne waren noch nicht festgelegt, aber in Felix' Kopf begannen die Ideen zu reifen.

Es war ein weiterer typischer Dienstagabend in Felix' Buchhandlung, der Raum summte vor der vertrauten Energie des wöchentlichen Buchclub-Treffens. Zwischen den Regalen voller Bücher und unter dem warmen Licht der Leselampen breitete Felix einige Skizzen und Notizen auf dem Tisch aus.

«Meint ihr, Lukas könnte die Idee gefallen?», fragte Felix etwas unsicher, während er auf seine Pläne deutete, die eine Verschmelzung von Kunst und Literatur darstellten.

Anna, die gerade einen Becher Tee an ihre Lippen hob, nickte enthusiastisch.

«Absolut, Felix. Lukas wird die Idee lieben. Es ist eine wundervolle Möglichkeit, seine Kunst in einem neuen Licht zu präsentieren.»

Jonas, der sich über die Skizzen beugte, stimmte zu.

«Ich finde, es ist eine großartige Idee. Es zeigt, wie sehr du seine Arbeit schätzt und wie gut sie sich mit deiner Leidenschaft für Bücher verbindet.»

Felix fühlte sich durch ihre Worte ermutigt. «Ich hoffe, es wird ein Raum, der nicht nur zum Stöbern einlädt, sondern auch zum Verweilen und Nachdenken anregt.»

«Es wird mehr als das», sagte Anna lächelnd. «Es wird ein Treffpunkt für Kreative und Bücherwürmer, ein Ort, der die Gemeinschaft zusammenbringt.»

«Und denk daran», fügte Jonas hinzu, «dies ist eine Gelegenheit, eure Beziehung auf eine neue, kreative Ebene zu heben. Es ist eine gemeinsame Unternehmung, die euch beide widerspiegelt.»

Felix nickte, die Worte seiner Freunde im Herzen. Er war dankbar für ihre Unterstützung und der Gemeinschaft, die sie ihm gaben. Voll Vorfreude und nervös überlegte er, wie er Lukas die Idee präsentieren könnte.

Am Tag der Ausstellung saß Felix allein in seiner Buchhandlung, sein Blick auf den Laptop gerichtet, der die Verbindung zu Lukas herstellte.

Durch die Kamera konnte er die lebendige Atmosphäre der Galerie in Paris miterleben. Lukas hatte sein Smartphone so positioniert, dass Felix einen perfekten Blick auf die ausgestellten Kunstwerke und die Besucher hatte.

«Siehst du das, Felix?», sagte Lukas' Stimme aufgeregt aus dem Lautsprecher des Laptops. «Es ist unglaublich hier.»

Felix lächelte, als er die Reaktionen der Gäste auf Lukas' Kunstwerke beobachtete.

«Ich bin so stolz auf dich, Lukas. Es sieht fantastisch aus.»

Die Kamera schwenkte herum, als Lukas durch die Galerie ging, und Felix konnte die Bewunderung in den Augen der Gäste sehen. Sie hielten an, um die Gemälde zu betrachten, und diskutierten angeregt. Es war, als wäre er selbst dort, mitten im Geschehen.

«Ich wünschte, du wärst hier», sagte Lukas, als er für einen Moment innehielt und in die Kamera blickte.

«Ich auch», erwiderte Felix. «Aber so fühle ich mich, als wäre ich ein Teil davon. Danke, dass du das für mich machst.»

Als die Ausstellung ihren Höhepunkt erreichte, verabschiedete sich Lukas von den letzten Gästen und fokussierte sich wieder auf die Kamera seines Smartphones, durch die er mit Felix verbunden war.

«Ich hoffe, wir können uns bald wiedersehen, Felix. Es gibt so viel, das wir feiern sollten», sagte Lukas, ein Hauch von Melancholie in seiner Stimme.

«Ja, das hoffe ich auch», antwortete Felix, die Vorfreude in seiner Stimme vermischt mit einem Anflug von Sehnsucht. «Und ich habe schon ein paar Ideen für unsere Wiedervereinigung.»

Nachdem sie sich verabschiedet hatten, klappte Felix den Laptop zu und ließ seinen Blick durch den Raum schweifen.

Kapitel 12

Felix war gerade dabei, einige neue Bücher in der Buchhandlung zu sortieren, als die Türklingel ertönte. Er blickte auf und erstarrte, als er Lukas im Türrahmen stehen sah, einen Koffer neben sich.

«Lukas! Was… Ich dachte, du kommst erst nächste Woche zurück?», stammelte Felix, völlig überrascht.

Lukas lächelte, trat ein und schloss die Tür hinter sich.

«Ich musste früher kommen. Ich habe etwas Wichtiges zu sagen.»

Felix' Herz klopfte vor Aufregung. «Was ist los? Ist alles in Ordnung?»

«Mehr als das», antwortete Lukas, während er auf Felix zuging. «Die Ausstellung war ein Erfolg, Felix, und ich habe viele Angebote erhalten, in Paris zu bleiben. Aber…»

«Aber?», drängte Felix, ein Anflug von Sorge in seiner Stimme.

Lukas nahm Felix' Hände in seine.

«Aber ich habe erkannt, dass mein wahres Glück hier bei dir ist. In dieser Kleinstadt, in unserer Buchhandlung. Paris mag meine Kunst lieben, aber ich liebe dich, Felix. Und das bedeutet mir mehr als jede Ausstellung oder Anerkennung.»

Tränen glänzten in Felix' Augen.

«Bist du dir sicher, Lukas?»

«Absolut sicher», bekräftigte Lukas. «Ich möchte hier bei dir sein, unser Leben gemeinsam aufbauen. Was auch immer das bedeutet, was auch immer wir dafür opfern müssen.»

Felix zog Lukas in eine feste Umarmung.

«Das bedeutet mir alles, Lukas. Ich liebe dich so sehr.»

Als sie sich voneinander lösten, war in Felix' Augen ein Funkeln zu erkennen, das Lukas schon lange vermisst hatte.

«Lukas, seit du weg warst, habe ich darüber nachgedacht, wie wir deine Kunst hier in der Buchhandlung integrieren können. Ich habe da einige Ideen.»

Lukas' Augen leuchteten auf. «Erzähl mir davon.»

Felix führte Lukas zu einem kleinen Tisch in der Ecke der Buchhandlung, auf dem Skizzen und Notizen ausgebreitet waren.

«Zuerst dachte ich an eine dauerhafte Galerie für deine Werke hier. Wir könnten eine Wand nutzen, um eine Auswahl deiner Bilder auszustellen. Ähnlich, wie wir es bei der Ausstellung hier gemacht hatten, aber eben nicht nur einmalig.»

Lukas betrachtete die Skizzen und nickte.

«Das klingt fantastisch. Wir könnten die Werke regelmäßig wechseln, um immer etwas Neues zu bieten.»

«Genau», sagte Felix. «Und dann hatte ich die Idee, spezielle Abende zu veranstalten. Wir könnten Lesungen oder Diskussionsrunden organisieren, die zu den Themen deiner Bilder passen.»

«Das könnte wirklich etwas Besonderes werden», stimmte Lukas zu. «Meine Bilder könnten die Diskussionen inspirieren und umgekehrt.»

«Ich dachte auch daran, Workshops anzubieten», fuhr Felix fort. «Du könntest Kunstworkshops leiten, und ich könnte Schreibworkshops anbieten. So könnten wir unsere Leidenschaften teilen und andere dazu inspirieren, kreativ zu werden.»

Lukas beugte sich vor, seine Augen funkelten vor Begeisterung. «Das klingt unglaublich, Felix. Wir könnten so viel bewirken, nicht nur für uns, sondern auch für die Gemeinschaft.»

«Und schließlich», sagte Felix, während er eine weitere Skizze hervorholte, «habe ich an eine Art ‚künstlerisches

Schaufenster' gedacht. Wir könnten deine Kunst zusammen mit thematisch passenden Büchern präsentieren.»

Lukas nahm Felix' Hand.

«Ich liebe all diese Ideen. Es fühlt sich an, als würden wir nicht nur ein gemeinsames Projekt starten, sondern als würden wir unsere Träume und unsere Zukunft miteinander verweben.»

«Das tun wir», antwortete Felix, seine Stimme weich. «Lukas, mit dir hier, an meiner Seite, fühlt sich alles möglich an.»

Epilog

In den folgenden Monaten verwandelte sich die Buchhandlung unter den gemeinsamen Bemühungen von Felix und Lukas in einen kulturellen Treffpunkt, der sowohl Kunst als auch Literatur feierte. Jeder Winkel des Ladens war nun ein Zeugnis ihrer Liebe und ihres kreativen Geistes.

Die Wand, die einst nur Bücherreihen beherbergt hatte, war nun eine lebendige Galerie von Lukas' Kunstwerken. Die Bilder, sorgfältig ausgewählt und platziert, ergänzten die Bücher in ihrer Nähe, schufen eine harmonische Symbiose von Farbe und Wort.

Besucher der Buchhandlung blieben oft fasziniert stehen, um die Kunstwerke zu bewundern, die ebenso viel über die Geschichten erzählten wie die Bücher selbst.

An den Abenden, wenn die Buchhandlung sich in einen Veranstaltungsort verwandelte, war die Atmosphäre elektrisierend. Lukas leitete Kunstworkshops, in denen er die Teilnehmer ermutigte, ihre Kreativität auszudrücken.

Felix führte Schreibworkshops durch, in denen er die Menschen dazu anregte, ihre Gedanken und Geschichten zu Papier zu bringen. Diese Workshops waren mehr als nur Lehrstunden; sie waren Zusammenkünfte von Gleichgesinnten, ein Raum für Inspiration und Austausch.

Die speziellen Themenabende, die sie gemeinsam veranstalteten, wurden schnell zu einem Highlight in der Gemeinde. Bei diesen Anlässen wurden Lukas' Bilder und ausgewählte literarische Werke zusammen präsentiert, was zu tiefgründigen Diskussionen und Austausch anregte.

Die Besucher schätzten diese einzigartigen Erfahrungen, bei denen Kunst und Literatur ineinanderflossen und neue Perspektiven eröffneten.

Vielleicht am meisten begeisterte das künstlerische Schaufenster die Passanten. Lukas' Kunstwerke wurden zusammen mit thematisch passenden Büchern präsentiert, was eine einladende und inspirierende Atmosphäre schuf. Es war, als würden die Geschichten aus den Büchern durch Lukas' Bilder zum Leben erweckt.

Inmitten all dieser Veränderungen und Erfolge fanden Felix und Lukas in ihrer Beziehung eine nie dagewesene Tiefe und Stärke. Sie hatten die Herausforderungen der Vergangenheit überwunden und eine Zukunft aufgebaut, die auf gegenseitigem Respekt, Liebe und kreativer Leidenschaft basierte.

Abends, nachdem eine Veranstaltung beendet war und die letzten Besucher die Buchhandlung verlassen hatten, saßen Felix und Lukas oft zusammen, umgeben von Büchern und Kunst, und sprachen über ihren Tag. In diesen Momenten, in der Stille ihrer Buchhandlung, fühlten sie sich vollständig und zutiefst verbunden.

«Weißt du, was das Schönste an all dem ist?», fragte Felix eines Abends, als sie Hand in Hand im Schein der sanften Lampen saßen.

«Was denn?», erwiderte Lukas und sah ihn liebevoll an.

«Dass wir das zusammen geschafft haben. Dass wir trotz allem zusammen sind», sagte Felix, seine Stimme voller Emotionen.

Lukas nickte, ein Lächeln auf seinen Lippen.

«Ja, das sind wir. Und ich könnte mir kein besseres Leben vorstellen.»